Las aventuras de

Tom Sawyer

Las aventuras de Tom Sawyer

Mark Twain

Ediciones MAAN S.A. de C.V.,
Nicolás San Juan 1043,
03100, México, D.F.

1a. edición, octubre 2011.

© *The Adventures of Tom Sawyer*
Mark Twain

© 2011, Ediciones MAAN, S.A. de C.V.
Nicolás San Juan 1043, Col. Del Valle
03100 México, D.F.
Tels. 5575-6615, 5575-8701 y 5575-0186
Fax. 5575-6695
ISBN-13: 978-607-95735-3-9
Miembro de la Cámara Nacional
de la Industria Editorial No 3647
Adaptación: Guadalupe Velázquez
Formación tipográfica: Marco A. Garibay
Ilustraciones: Mariano A. Morales T
                y Kevin Daniels C.
Diseño de Portada: Karla Silva
Supervisor de producción: Leonardo Figueroa

Impreso en México - *Printed in Mexico*

Prólogo

Samuel Langhorne Clemens, nació
en 1835 en Florida, Missouri,
Estados Unidos de Norteamérica y
murió en Redding, en 1910. Fue
un aventurero incansable. A los doce
años murió su padre y abandonó los
estudios para entrar como aprendiz
de tipógrafo en una editorial, donde
se familiarizó profesionalmente
con el humor periodístico. A los
dieciocho años se fue de su casa en
busca de aventuras y fortuna.

Fue piloto en un barco de vapor,
antes de la Guerra Civil. Más tarde, se
convirtió en reportero en el pueblo
de Virginia, Nevada, donde se hizo
famoso como narrador de cuentos,
tales como el "Hombre petrificado"
y "La famosa rana saltarina de

Calaveras". En esa época adoptó el seudónimo de **Mark Twain**, expresión de los pilotos fluviales que significa "marca dos sondas".

En 1866, Twain se trasladó a California y un viaje a las islas Sandwich, le proporcionó el material para una afortunada conferencia humorística y para una serie de artículos periodísticos, con los que más tarde haría *Cuentos humorísticos originales* (1872).

Sin embargo, el primer éxito fue en 1869 con *Los inocentes en el extranjero*, un relato de un gran crucero por el Mediterráneo y Tierra Santa.

En 1870 se casó con Olivia Langdon y se estableció en Connecticut. Los recuerdos de su niñez en Missouri los canalizó al escribir *Las aventuras de Tom Sawyer* (1876). La novela resultó eficaz porque abrió sus ojos a la posibilidad de una visión infantil del mundo, como un medio de alivio de la costumbre humorística del Oeste.

Otro libro en el que usó el punto de vista infantil fue *Príncipe y mendigo* (1882), una novela histórica. También escribió libros como: *Un vagabundo en el exterior*, *Vida en el Misisipi* y *Las aventuras de Huckleberry Finn*, entre otros.

Capítulo I

Tom Sawyer vivía en casa de su tía Polly, en San Petersburgo; un pequeño poblado de Norteamérica. Un día, ella llamó por toda la casa al pequeño, quien no daba señales de vida. Descubrió que se encontraba en la despensa comiendo mermelada. Cuando estaba dispuesta a darle una paliza, Tom la distrajo y salió corriendo.

A pesar de todo, ella sonrió pues sabía que el chico se saldría con la suya. Pensó que le faltaba valor para pegarle al hijo de su difunta hermana. Si lo castigaba le remordía la conciencia y si lo perdonaba, también. Tía Polly estaba casi segura que Tom no iría a la escuela por la tarde y tendría que regañarlo. A la

hora de la cena, ella le preguntó sobre las clases y sobre el intenso calor de aquel día, para saber si él había ido a nadar. Tal como ella lo sospechó, su sobrino se había pasado toda la tarde jugando, pero él cambió el cuello de su camisa para que se viera seco.

Todo salió como Tom lo esperaba, pero cuando entró su primo Sidney a cenar, éste hizo notar a la tía que el cuello de la camisa tenía hilo de otro color. Tom no esperó la reacción de la mujer, sino que salió despavorido a la calle, no sin antes amenazar a su primo. Se fue muy contento silbando. De pronto, se encontró frente a un forastero; un muchacho más alto que él, vestido muy elegante. Tom le preguntó su nombre y le advirtió que podía pegarle. El muchacho no dijo nada y recibió varias amenazas por parte de Tom.

Estaban hombro con hombro, empujándose y lanzándose miradas de odio. Un rato después, peleaban en el suelo como dos fieras salvajes. Tom estaba encima, exigiendo que se rindiera. El muchacho se resistía, pero al final lo hizo, llorando de rabia. Mientras Tom se alejaba, el otro tomó una piedra y se la lanzó a los hombros, corriendo sin parar hasta su casa. Cuando Tom se acercó, la madre del muchacho lo amenazó. No le quedó más remedio que volver. Entró por la ventana y tía Polly lo esperaba. Sabía que tendría su castigo.

Capítulo II

La mañana del sábado, el clima era maravilloso. Tom venía por la calle con una cubeta con yeso, diluido en agua, y una brocha, listo

para pintar la valla de la casa de tía
Polly, en castigo por su desobediencia.
Al poco rato apareció Jim, el chico
negro que ayudaba en la casa,
acarreando agua del pozo de la
ciudad y a Tom se le ocurrió cambiar
su trabajo por el de él. Jim le dijo
que tía Polly le había advertido que
no aceptara ningún canje, si no le
pegaría. Tom le aseguró que su tía
nunca golpeaba a nadie.

Si Jim le hacía el favor, le regalaría
una bala blanca de las que traen
buena suerte y le enseñaría el dedo
herido del pie. Esa propuesta era muy
tentadora y aceptó de inmediato.
Tom aprovechó el momento para
desaparecer calle abajo. Poco después,
pensó que si los otros chicos lo veían
trabajando se reirían de él y eso le
preocupó. Sacó de sus bolsillos todos
sus tesoros: trozos de juguetes, balas y
otras cosas, pero no eran suficientes

para canjearlas por trabajo. Regresó
de nuevo a blanquear la valla.

Más tarde, apareció Ben Rogers,
cuyas burlas siempre temía Tom,
para invitarlo a nadar y a jugar a los
barcos. Tom no le mostró interés,
sino que le habló de la magnífica
oportunidad de pintar una valla
como esa y que no habría uno entre
mil que la blanqueara como era
debido. Ben mordió el anzuelo y le
rogó a su amigo que le permitiera
hacerlo. A cambio, le daría toda
su manzana. Aparentando cierto
desgano, Tom aceptó y le dio la
cubeta y la brocha, advirtiéndole que
lo hiciera rápido para que la tía no lo
descubriera.

Después de Ben, hizo lo mismo
con Billy Fisher, por un cometa
en buenas condiciones. Luego siguió
John Milles, por una rata muerta y

una cuerda y muchos otros chicos más. Por la tarde, Tom tenía doce balas, un pedazo de botella de vidrio azul, una llave, un trozo de yeso, un cañón hecho con un carrete, seis cohetes, dos renacuajos, un tapón de cristal de garrafa, el mango de un cuchillo, y otros tantos objetos, obtenidos sin hacer el trabajo de la valla, que lucía tres capas de pintura. Al anochecer, se dirigió a casa.

Capítulo III

Tía Polly dormitaba, sentada junto a la ventana del cuarto que servía de alcoba, comedor y biblioteca, cuando se presentó Tom. Pensó que el chico se había rendido, pero cuando le pidió permiso para salir a jugar porque ya había pintado toda la valla, ella, incrédula, quiso comprobarlo.

Cuando se dio cuenta que era verdad, llevó a Tom a la despensa para obsequiarle una hermosa manzana, no sin antes hablarle del valor de las cosas que se obtienen gracias al esfuerzo y al trabajo.

Al salir, Tom vio a Sid subir la escalera exterior y aprovechó para lanzarle terrones, en venganza por haberlo acusado. En unos segundos, le lanzó más de seis sin que tía Polly pudiera hacer nada. Salió corriendo satisfecho y se dirigió a la Plaza Mayor, donde estaban reunidas dos bandas para una gran pelea. Tom era el general de una de ellas y Joe Harper dirigía la otra. Fue una dura batalla, pero el ejército de Tom fue el vencedor.

Al final, contaron los muertos, canjearon prisioneros y señalaron el día de la próxima batalla.

Cuando Tom se dirigía a su casa, descubrió que en la casa del abogado Jeff Thatcher, estaba una hermosa chica de ojos azules y largas trenzas rubias. Al verla, quedó fascinado y se olvidó por completo de Amy Lawrence a quien había rondado muchos meses.

Decidió en ese momento conquistar a la nueva chica e intentó llamar su atención; pero ella no se dio cuenta de su presencia y él intentó regresar a casa. Muy triste, se acercó con la ilusión de volverla a ver y advirtió que ella dejaba un pensamiento encima de la valla.

Tom se acercó a pocos pasos de la flor y disimulando que buscaba algo, se agachó para alcanzarla y la guardó en el interior de su chaqueta, junto a su corazón. Se alejó, convencido de que la chica lo miraba por la ventana.

Durante la cena, se comportó tan animado, que tía Polly no dejó de preguntarse qué le sucedía.

Cuando ella se levantó a la cocina, Sid intentó arrebatarle el azucarero a Tom y logró que se rompiera en mil pedazos. Tía Polly, acostumbrada a las travesuras de Tom, levantó la mano para golpearlo, cuando él la detuvo diciendo que había sido Sid el causante de todo. Ella miró al otro chico que permanecía muy quieto y regresó a darle un bofetón al otro. A pesar de todo, le remordió la conciencia y tuvo deseos de consolar a Tom, pero no lo hizo.

El chico se fue muy enojado a un rincón, imaginando trágicas historias donde él aparecía herido o muerto y su tía corría arrepentida a verlo. Estaba tan concentrado en eso, que no se dio cuenta que llegó su prima

Mary, luego de permanecer una semana en el campo. Más tarde, Tom salió de la casa rumbo al río, donde se sentó muy triste a contemplar el agua.

En ese momento, se acordó de la flor que llevaba junto a su corazón y se sintió inmensamente feliz. Se levantó y decidió pasar por la casa de la chica. Allí, saltó la valla con la esperanza de verla, pero sólo salió la criada para arrojarle un balde de agua encima.

Capítulo IV

Después de almorzar, tía Polly inició sus prácticas religiosas, junto con sus tres sobrinos. Tom, intentaba aprender los versículos de la Biblia, pero no lograba recordarlos con exactitud. Le pidió ayuda a Mary y ella le prometió un regalo si los sabía. Con esa idea, Tom estudió entusiasmado y logró recitar la lección. Mary a su vez, le obsequió un cuchillo Barlow sin filo. Los chicos se prepararon para asistir a la escuela dominical, donde recibían instrucción religiosa. Mary preparó todo para que se asearan y Tom, como siempre, huyó del agua y del jabón.

Ella logró que Tom se aseara. Sacó un traje, le ayudó a vestirse y finalmente, le puso en la cabeza un sombrero de paja. Al chico no le gustaba esa elegancia, pues prefería ropa más cómoda, pero no tuvo más remedio que aceptar.

Después de arreglarse, los tres se dirigieron a la iglesia. Durante la clase, Tom buscó a sus amigos para

cambiarles alguno de sus tesoros, por un billete amarillo y tres rojos, de buena conducta. A medida que iban llegando los demás, él adquiría nuevas cosas.

Durante la clase, Tom no dejó de alborotar y pelear con los compañeros, logrando un regaño por parte del profesor Walters. Por fin, cuando todo terminó, cada chico recibió un billete azul, con un pasaje de las Escrituras, como pago por haber memorizado los versículos.

Diez billetes azules equivalían a uno rojo y diez de éstos, a uno amarillo que al reunir diez, se canjeaban por una Biblia encuadernada. La entrega de una de ellas, era todo un acontecimiento. El alumno que la obtenía, se convertía en una persona famosa.

Capítulo V

El abogado Thatcher, llegó a
la iglesia, acompañado de un
anciano, de su esposa y de su pequeña
hija, quien resultó ser la forastera
que a Tom le había impresionado. Al
chico le dio por llamar la atención
de la niña y comenzó a jalarle el pelo
a sus compañeros, a hacer gestos y a
moverse para hacerse notar. Cuando
terminó su discurso, el profesor
Walters, presentó a la comunidad al
juez Thatcher y a su familia.

Al finalizar, el profesor quiso
impresionar al juez, interrogando a
los alumnos sobre los billetes, a fin de
regalar una Biblia al más destacado.
Como ninguno se acercaba, había
perdido las esperanzas. En ese
momento, Tom Sawyer se aproximó

con nueve billetes amarillos, nueve rojos y diez azules, para solicitar su libro. Era algo increíble para todos. Fue así, como Tom fue elegido como el más importante. Algunos de los muchachos estaban indignados, pues habían contribuido al éxito inmerecido de Tom.

El juez Thatcher se acercó a Tom para felicitarlo. Le habló del orgullo que debería sentir por saber los dos mil versículos, gracias al estudio de la escuela dominical.

Después, le preguntó si recordaba los nombres de los apóstoles. El chico estaba muy asustado y lo único que se le ocurrió responder fue: "David y Goliat".

A las diez y media, inició el sermón matutino. Tom y sus primos se sentaron junto a tía Polly. Todo

el pueblo se reunió como cada domingo a escuchar al padre Sprague. A Tom no le interesaban las plegarias, pues las conocía de memoria y le aburrían; además, siempre se distraía con la gente y su tía terminaba por pellizcarle el brazo para que pusiera atención.

Capítulo VI

El lunes, Tom estaba desesperado como cada semana, pues iniciaba la tortura de cinco días de escuela. Tuvo la idea de fingir que se encontraba enfermo, pero no hallaba cuál podía ser su malestar. Se tocó parte del cuerpo con la esperanza de que le doliera algo, pero no sintió nada. De pronto, descubrió que uno de sus dientes se movía y decidió decirle a tía Polly.

De inmediato pensó que seguramente ella trataría de arrancárselo y prefirió callar. Luego de meditar un poco, recordó haber escuchado al médico sobre una dolencia del pie, que mantenía al paciente tres semanas en cama y decidió intentarlo.

Logró con sus gritos despertar a Sid y le hizo creer que estaba grave. El primo fue corriendo por tía Polly, quien se asustó mucho y se puso pálida; pero cuando se dio cuenta que era una de las tretas de Tom, para faltar a la escuela, se dejó caer en una silla y respiró aliviada. Ella supo también que el chico tenía el diente flojo y sin dudar se lo arrancó con un hilo de seda.

Tom se sentía muy importante, porque por el hueco de la boca podía escupir de un modo extraño, siendo el blanco de las miradas de sus compañeros.

Poco después, se encontró con su amigo Huckleberry Finn, el hijo del borracho del pueblo, que vagaba por las calles y vivía al margen de la Ley. No iba a la escuela ni a la iglesia, y los chicos tenían prohibido cruzar una palabra con él.

Sin embargo, a Tom le gustaba compartir sus juegos con él, pese a las advertencias de tía Polly.

Huckleberry le mostró a Tom un gato muerto que había obtenido para curar las verrugas. Le explicó que eso se lograba si se llevaba al animal al cementerio, a la medianoche, cuando algún malvado fuera enterrado allí.

Llegaban uno o dos diablos para llevarse el cadáver y en ese

momento, se hacía un conjuro
para desaparecer las verrugas. Tom
estaba muy sorprendido y le pidió
a su amigo que probaran al gato esa
noche, pues acababan de enterrar al
viejo Williams. Le pidió a Huck que
maullara como señal de que estaba
listo.

Antes de partir, Tom se fijó en una
garrapata que tenía su amigo y la
cambió por su diente. La guardó en
una cajita y después, cada uno se fue
por su lado. Entró a la escuela y el
profesor lo reprendió por llegar tarde.
En castigo, lo sentó entre las chicas,
que era precisamente lo que Tom
deseaba, porque allí se encontraba
Becky. Para llamar la atención de la
chica, él comenzó a dibujar algo en
su pizarra, pero puso la mano para
ocultarlo, despertando su curiosidad.
Sin poder resistir, la niña le pidió
que se lo mostrara. Le agradó mucho

el dibujo y le pidió a Tom que le enseñara a hacerlo.

Los chicos se pusieron de acuerdo para verse por la tarde. Tom aprovechó para escribir algo en la pizarra y cuando movió la mano, ella pudo leer que decía: "Te amo Becky". Se sonrojó pero se veía satisfecha.

Capítulo VII

Tom no lograba concentrarse en su libro. Era un día soñoliento. Sólo se oía el monótono murmullo de sus compañeros. Sacó de su bolsillo la cajita con la garrapata para divertirse con ella. Su amigo Joe Harper estaba a su lado y como eran muy amigos, le pidió a Tom que lo dejara jugar con él. Dibujaron en la pizarra un pequeño campo, con una raya en el centro para dividir las áreas.

Ayudados por un alfiler, cada uno estaba muy entretenido, tratando de llevar al insecto a su cancha y se olvidaron que se encontraban en clase. Después de un fuerte regaño del profesor, todo volvió a la normalidad.

Al terminar la clase, Tom se acercó a Becky y acordaron reunirse más tarde para iniciar las clases de dibujo. Se sentaron muy juntos, con una pizarra delante de ellos. El chico le tomó la mano a Becky para dibujar entre los dos una casa. Pero él se cansó de eso y prefirió conversar con ella. Hablaron del circo, al que Becky había ido varias veces y también del deseo de Tom de convertirse en payaso.

Poco después, Tom le preguntó si
ella había estado prometida alguna
vez. Becky no sabía a qué se refería
y él le explicó que se trataba de
un compromiso que hacían los
enamorados, para quererse siempre
y darse un beso. Tom le recordó lo
que le había escrito en la pizarra y
le pidió a ella que lo repitiera. Becky
no sabía qué hacer y luego de pedirle
a él que nadie lo supiera, le dijo al
oído: "Te amo". De inmediato se
levantó y se echó a correr, pero el
chico la atrapó y le pidió un beso.

Tom le comentó a Becky que
desde ese momento sólo podía
casarse y quererlo a él y a nadie
más. Le pidió que cuando fuera a
la escuela o a su casa lo hiciera con
él, pues ya se habían comprometido
en matrimonio. Ella le preguntó si
antes ya había estado comprometido
y Tom le habló de Amy Lawrence,

pero ahora ya no le interesaba. Becky rompió a llorar porque se sintió engañada y él no pudo consolarla. Le juró que sólo ella le importaba y le obsequió una manecilla de latón, que guardaba como un tesoro, para demostrarle su amor. Ni así logró su perdón y, desconsolado, decidió ir rumbo a la montaña para meditar.

Capítulo VIII

Esa tarde, Tom anduvo por varios caminos. Fue al bosque y se sentó bajo un gran roble. Se sentía muy solo y profundamente melancólico. Meditó sobre la tranquilidad de los muertos, que descansaban profundamente.

También pensó en que Becky había sido muy cruel con él y algún día debía lamentarlo. Imaginó que sería payaso; luego sería soldado y volvería años después con muchas cicatrices.

Pero lo que más le atraía era ser pirata, para recorrer los mares en un buque llamado Espíritu de la Tormenta. Regresaría al pueblo calzando unas grandes botas, un sombrero de ala ancha con plumas y dos o tres pistolas colgando del cinturón.

Cuando la gente lo viera diría con respeto o con temor: "Es el pirata Tom Sawyer, el Vengador Negro de la flota española". Escaparía de su casa y saldría al día siguiente a su gran aventura. Sólo necesitaba recursos. Se dirigió a un tronco podrido y escarbó hasta encontrar una madera hueca, donde escondía una bala.

Escuchó el sonido de una trompetilla y con un pedazo de madera, simulando una espada, se quitó la camisa y corrió hasta un olmo para dar el toque de respuesta. De repente, apareció su amigo Joe Harper, armado como Tom. Los amigos comenzaron a "luchar", siguiendo el juego de Robin Hood. Después de un rato, estaban cansados y decidieron quién debía "morir", para terminar la diversión. Se vistieron rápidamente y se alejaron del lugar.

Capítulo IX

A las nueve de la noche, Tom y Sid dijeron sus oraciones y se metieron a la cama. Tom no tenía sueño y la noche le parecía eterna. Escuchó los ronquidos de tía Polly y

los chirridos de los grillos. También
oyó el ruido de una carcoma, en
la pared de la cabecera de la cama,
que lo hizo estremecer, porque eso
significaba que alguien iba a morir.
Estaba desesperado y se levantó. A lo
lejos, escuchó el maullido de un gato.
Se vistió de inmediato y salió a gatas
por el tejado del desván; saltó por el
del cobertizo, sin dejar de maullar,
y brincó al suelo para reunirse con
Huckleberry y su gato muerto.

Se fueron rumbo al cementerio,
a media milla del pueblo. Un aire
ligero movía los árboles y Tom
imaginaba que eran los espíritus de
los muertos, que se movían al sentir
turbado su reposo. Los chicos no se
atrevían a hablar.

Al cabo de un rato, hallaron
el montículo que buscaban y se
escondieron debajo de unos olmos

que estaban junto a un sepulcro. Esperaron un buen rato y Tom preguntó a su amigo si creía que a los muertos les gustaba que estuvieran allí y si Williams los oía. El otro respondió que su espíritu sí los escuchaba.

Oyeron ruidos y pensaron que eran los demonios que venían por los muertos. Temblaban de miedo y decidieron permanecer quietos. Luego, percibieron unas voces y vieron tres siluetas que se acercaban entre las tinieblas, sosteniendo una linterna. Huck descubrió que eran el viejo Muff Potter, el indio Joe y el doctor Robinson. Los hombres llegaron a la tumba con dos palas y una cuerda. Los chicos estaban muy cerca de ellos y no se movieron.

Comenzaron a cavar y sacaron el ataúd; lo abrieron y tomaron el

cuerpo para ponerlo en el suelo y
luego en una camilla. Enseguida,
Potter le exigió al médico que le
pagara más o dejaban allí al muerto.
El indio Joe aprovechó también para
amenazarlo, en venganza porque
hacía años lo había humillado,
cuando servía en casa de su padre. El
doctor tiró al indio de un puñetazo
y golpeó a Potter en la cabeza. Joe
se levantó, se acercó al médico y le
enterró un cuchillo en el pecho.

Los dos chicos, aterrados,
se alejaron pronto del lugar.
Cuando salió la luna, vieron a Joe
contemplando a los dos hombres.
Robó todo el dinero que traía el
médico y colocó el cuchillo en
la mano de Potter. Cuando éste
despertó, el indio le dijo que había
matado al médico. El viejo estaba
asustado y como venía borracho, no
recordaba haber matado a nadie. Le

rogó a Joe que no lo denunciara y
salió corriendo.

Capítulo X

Tom y Huck, huyeron hacia el
pueblo, mirando atrás, de vez
en cuando, por temor a que los
siguieran. Cuando llegaron, se dieron
cuenta del peligro que significaba
hablar del asesinato con alguien y
decidieron permanecer callados. Si el
indio se enteraba que ellos lo habían
visto todo, los mataría.

Hicieron un juramento escrito con
sangre, en una tabla: "Tom Sawyer
y Huck Finn juran coserse la boca
sobre lo que han visto y ojalá caigan
muertos y se pudran si alguna vez
hablan…". Luego, la enterraron junto
al muro.

A lo lejos escucharon el aullido
de un perro y pensaron que iban
por ellos. Llegaron a una casa
abandonada. Estaban muy asustados,
pues pensaron que tenían que
pagar por desobedecer y no ir a la
escuela. Luego oyeron un fuerte
ronquido. Avanzaron lentamente y
descubrieron que se trataba de Muff
Potter. Los chicos se alejaron de él y
se despidieron.

Tom entró a su casa por la ventana.
Sin hacer ruido, se metió a la cama,
contento de que nadie lo hubiera
descubierto. Pero Sid estaba despierto
y se dio cuenta de todo. Cuando
Tom se levantó, su primo ya no
estaba en la cama. Se vistió y bajó al
comedor. Todos habían terminado
de desayunar y nadie le reprochó
nada. Se sintió extraño y prefirió
permanecer en silencio.

Más tarde, tía Polly se lo llevó a otro lado y de pronto se puso a llorar, preguntándole por qué la martirizaba de esa manera. Él hubiera preferido unos azotes antes de ver así a su tía. Le prometió corregirse y ella le dio otra oportunidad.

Se fue a la escuela muy triste. Se sentó en su pupitre y permaneció pensativo y callado un buen rato. De repente, vio un objeto duro envuelto en papel. Lo destapó y descubrió que era su manecilla de latón.

Capítulo XI

Todo el pueblo se enteró que habían encontrado a un hombre asesinado y junto a él, un cuchillo con sangre coagulada. Según los rumores, el arma era de Muff Potter.

El *sheriff* y varios hombres, salieron a buscar a Potter. Todo el pueblo se dirigió al cementerio. Tom y Huck se observaron de lejos. No querían que los vieran juntos para que nadie sospechara. En ese momento, descubrieron al indio Joe y temblaron de miedo.

Se escuchó un fuerte rumor. Potter se acercaba acompañado del *sheriff*, gritando que él no era el asesino. Le suplicó a Joe que hablara a su favor, pero el indio declaró que Muff lo había hecho. Tom y Huck se quedaron paralizados y sintieron deseos de romper su juramento, para poder salvar al viejo, pero no podían enfrentarse a Joe. Decidieron, pues, vigilarlo todos los días.

Tom no pudo dormir bien por una semana, porque sentía remordimiento. Era muy difícil guardar el secreto. Su primo se dio cuenta que hablaba dormido y eso le preocupó mucho. Tía Polly le preguntó qué le sucedía y el chico le respondió que estaba impresionado por lo sucedido en el cementerio. La tía aceptó que a ella y a Mary les pasaba lo mismo y comprendió la inquietud de su sobrino.

Durante esos días, Tom Sawyer buscó cualquier pretexto para acercarse a la ventana de la cárcel y darle algunos regalos a Potter. Eso le tranquilizaba la conciencia.

Capítulo XII

La preocupación de Tom por Muff disminuyó, debido a que ahora estaba inquieto por Becky. Ella no había ido a la escuela porque estaba

enferma. Ni la piratería le llamaba la atención.

Estaba tan triste que hasta perdió el apetito y tía Polly se angustió y comenzó a darle toda clase de remedios: baños calientes, baños fríos, baños de asiento… Pero él no mejoraba. Supo de un líquido llamado "matadolores" y se lo dio al chico, logrando cierto alivio. Aunque en realidad, él fingía para que ella no se preocupara más y le daba la bebida al gato.

Tía Polly descubrió lo que sucedía con el gato y regañó muy fuerte a Tom. Él mencionó que el animal le causaba mucha lástima, pues no tenía una tía que se preocupara tanto por él. Ella se arrepintió de lo que había hecho y con lágrimas en los ojos, acarició la cabeza del chico y le pidió que fuera bueno y obediente.

Tom llegó temprano a la escuela para saber algo sobre Becky. Estaban casi todos sus compañeros, pero ella no apareció. Se veía muy triste y preocupado y decidió entrar al salón. De pronto, sintió la presencia de alguien y se dio cuenta que era ella.

El corazón le dio un vuelco y se animó de inmediato. Trató de llamar su atención, pero Becky no lo miró ni una sola vez. Luego, empujó a sus compañeros y uno de ellos lo tiró cerca de la chica.

Ella comentó que había personas a las que sólo les gustaba exhibirse. Él la escuchó y se sintió apenado. Decidió alejarse para pensar en la lección que le habían dado ese día.

Capítulo XIII

Tom estaba muy deprimido. Sentía que nadie lo quería, aunque procuraba actuar bien. Pero tenía mala suerte y creía que todos intentaban deshacerse de él. Se alejó del pueblo y escuchó a lo lejos la campana de la escuela. Se puso a llorar, pensando en que nunca más oiría ese sonido tan familiar. Poco después, se encontró a su amigo Joe Harper, quien también huía de su casa, pues pensaba que su madre estaba cansada de él. Los dos chicos se sentían muy desgraciados, porque no tenían amor, ni cariño de nadie.

Caminaron juntos y juraron que jamás se separarían. Lucharían y vivirían unidos hasta la muerte. Joe quería ser ermitaño y vivir en una cueva. Pero Tom deseaba ser pirata para tener muchas aventuras. Hablaba con tanto entusiasmo de la piratería, que terminó por convencer a su amigo. Los dos serían piratas. Eligieron una isla, tres millas más abajo de San Petersburgo, en un punto en donde el río era más ancho. El lugar estaba deshabitado y era ideal para sus reuniones. Luego fueron por Huck para convencerlo de que se les uniera.

Acordaron reunirse a la medianoche. Cada uno de ellos traería anzuelos, cuerdas y todas las provisiones que pudieran obtener. Horas después, Tom llegó con un jamón y otras cosas más. Silbó para llamar a sus amigos: Huck, el "Mano Roja" y Joe, el "Terror de los mares". Él era el "Vengador Negro". Los chicos juntaron sus provisiones, consistentes en un lomo de cerdo,

tocino, elotes y hojas de tabaco.
Después, se acercaron a donde se
encontraba una balsa, cuyos dueños se
habían ido al pueblo, y se apoderaron
de ella.

Tom se puso al mando, dando
órdenes con un tono serio. Huck
tomó el remo posterior y Joe el
delantero. Todos estaban listos
para partir. Durante casi una
hora, permanecieron en silencio
contemplando la ciudad, mientras
se alejaban rumbo a la isla. Llegaron
cerca de las dos de la mañana;
descargaron sus provisiones y
encendieron fuego. Pusieron una
vieja vela entre los matorrales, para
formar una especie de tienda de
campaña. Más tarde, frieron un poco
de tocino para cenar.

Se sentían libres y orgullosos
de su hazaña. Aunque hacía calor,

se sentaron junto a la fogata.
Comentaron que allí se encontraban
a salvo de cualquier reprimenda. No
tenían que levantarse temprano, ni ir
a la escuela. Eran piratas y la gente los
iba a respetar. "Mano Roja" comenzó
a llenar el tallo de una planta con
tabaco y la encendió para darle una
fumada. Los otros dos "piratas" se
unieron a él.

Huck le preguntó a Tom qué
hacían los piratas. El chico respondió
que capturaban barcos y los
quemaban; se apoderaban del dinero
para enterrarlo en los lugares secretos
de las islas; tomaban prisioneros e
iban vestidos con ropa hecha de oro,
plata y diamantes.

Un rato después, tenían sueño.
Intentaron dormir, pero no podían
dejar de pensar si habían hecho bien
en escaparse de sus casas y apoderarse

de la comida. Prometieron no volver a robar nunca y eso los dejó más tranquilos.

Capítulo XIV

Cuando Tom despertó, todo le parecía maravilloso. Había un completo silencio. Joe y Huck aún dormían. Escuchó el canto de los pájaros y observó una hilera de hormigas que desfilaban hacia otro lugar, llevando una araña enorme. Despertó a sus amigos y los tres se metieron a nadar al río. Luego, Joe preparó el almuerzo, mientras Tom y Huck fueron a pescar. Trajeron enormes robalos, un barbo y dos percas: suficiente para varios días.

Al terminar, decidieron explorar el lugar. Pasaron por frondosos árboles y grandes arbustos rodeados de flores. El paisaje era maravilloso. Descubrieron que la isla tenía aproximadamente tres millas de longitud, por una de ancho, y sólo los separaba un estrecho canal de la orilla. Por la tarde regresaron al campamento y se dispusieron a comer. Se tendieron a la sombra de los árboles a conversar, pero poco a poco todo quedó en silencio. Estaban muy pensativos y sintieron una gran nostalgia. Los tres anhelaban regresar al pueblo, pero ninguno de ellos quiso decirlo.

De pronto, oyeron un ruido parecido a un trueno. Corrieron a la ribera para saber qué sucedía. A lo lejos estaba un pequeño barco de vapor, rodeado de varias lanchas con hombres que tiraban cañonazos al agua, para localizar algún cuerpo. Tom cayó en cuenta que era a ellos

a quienes buscaban, creyendo que se habían ahogado. Se sintieron como héroes. Seguramente alguien lloraba por su desaparición. Todo el pueblo los echaría de menos y sus compañeros los envidiarían. Pensaron que valía la pena convertirse en piratas.

Al anochecer, el barco y los botes desaparecieron. Los tres "piratas" estaban muy contentos. Luego de comer algo, se pusieron a hacer comentarios sobre lo que diría la gente de ellos. Más tarde, Huck y Joe se quedaron dormidos y Tom se levantó sigilosamente y se dirigió a la fogata. Buscó dos hojas de sicómoro y escribió algo en cada una de ellas. Una la guardó en su chaqueta y otra en el sombrero de Joe. Dejó también algunos de sus tesoros y se fue de puntillas entre los árboles, para poder correr hacia la ribera.

Capítulo XV

Tom se fue por la orilla del río. Nadó hasta el otro lado y caminó a través del bosque. Cerca de las diez de la noche, llegó a un lugar abierto frente al pueblo. Todo estaba en silencio. Vio el buque anclado en la ribera; luego se metió a la lancha que éste llevaba para saltar a tierra. Se tendió en el piso y esperó agitado. Más tarde, sonó la campana del vapor dando la orden de partir. Era el último viaje nocturno. Un cuarto de hora después, llegó al otro lado. Bajó con temor y nadó hasta el borde sigilosamente.

Caminó por lugares solitarios hasta llegar a casa de tía Polly. Entró por la parte de atrás. En el salón había luz y vio a su tía, sentada junto con Sid,

Mary y la madre de Joe Harper. Tom entró sin hacer ruido y se metió bajo la cama. Se arrastró y casi podía tocar el pie de tía Polly. La escuchó decir que él no era malo, sino un poco travieso, imprudente y alocado, como un potrillo, y con un gran corazón. Al terminar de hablar, tía Polly se echó a llorar. La madre de Joe, también dijo cosas buenas sobre su hijo con lágrimas en los ojos.

Todos se referían a ellos como si hubieran muerto y las señoras se arrepentían de haberlos regañado por cualquier cosa. Tom estaba orgulloso de sí mismo y deseaba salir y mostrarse ante todos; pero prefirió seguir escuchando. Primero pensaron que se habían escapado y luego que se habían ahogado, pues encontraron la balsa encajada en la orilla, lejos del pueblo. Si en cuatro días más no aparecían, se harían los funerales. La

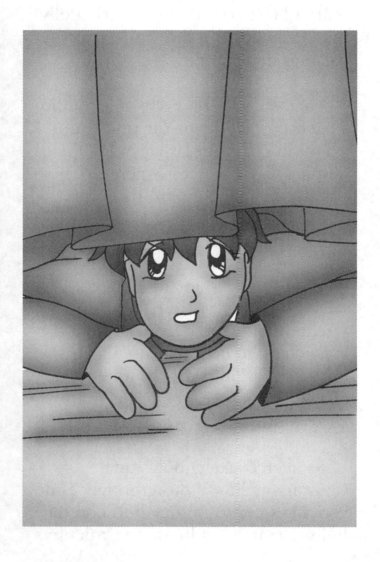

Mark Twain

señora Harper se despidió y tía Polly
mandó a acostar a Sid y a Mary, con
palabras de ternura.

Una vez sola, tía Polly se arrodilló
a rezar con tal devoción, que Tom
no pudo contener las lágrimas. Poco
después, la tía se acostó, pero no
dormía. El chico esperó hasta que
ella se durmió. Salió de la cama y
contempló a la anciana. Se acercó
y la besó. No quiso dejar el rollo
de sicómoro y lo guardó. Luego,
salió a escondidas, sin hacer ruido,
y regresó al barco de vapor. Desató
la lancha y remó río abajo. Llegó a
tierra y caminó por el bosque hasta
el campamento. Escuchó decir a sus
amigos que había escapado.

Se acercó haciéndoles una
caravana y ellos se pusieron felices de
verlo. Les contó lo sucedido con tía
Polly y con la madre de Joe, mientras

preparaban el almuerzo. Los tres se sintieron realmente unos héroes.

Capítulo XVI

Al terminar de comer, salieron a buscar huevos de tortuga. A veces encontraban más de cincuenta, cuando cavaban en la tierra. Luego se fueron a bañar y se sintieron felices, jugueteando con el agua. Tom estaba preocupado pues había perdido los cascabeles de serpiente y eso era peligroso; sin ellos, al meterse al agua, le darían calambres.

Del otro lado del río veían el pueblo con mucha nostalgia. Tom estaba decaído y tenía ganas de llorar. Sin embargo, trataba de contenerse para que sus amigos no lo notaran. Huck también estaba triste. Para animarlos, Tom les dijo que seguramente había un tesoro escondido en la isla y deberían explorarla para descubrirlo. Eso no los alegró. De pronto, Joe propuso regresar a casa. Como los otros no aceptaron, él sí estaba decidido a hacerlo. Trataron de impedirlo y hasta lo amenazaron, pero él preparó sus cosas y se fue.

A Tom comenzó a faltarle el valor y miró a Huck, quien también deseaba regresar. A pesar de todo, Tom decidió quedarse allí. Su amigo recogió sus pertenencias y salió tras Joe, pero le dijo a Tom que lo esperaban en la otra orilla. Cuando vio que se alejaban, Tom los llamó y les dijo que les tenía que revelar un secreto. Los chicos escucharon a su amigo con mucha atención. Al final, lanzaron un grito entusiasmados y decidieron quedarse ante la

maravillosa sorpresa que les habían
dado.

Prepararon huevos y pescado para
comer y luego le pidieron a Huck
que los enseñara a fumar. Probaron
el tabaco y no les agradó, pero no lo
demostraron. Planearon que cuando
regresaran al pueblo, fumarían delante
de los otros chicos para causarles
envidia. Poco a poco, el humo del
tabaco comenzó a marearlos. Estaban
pálidos y se sentían enfermos.
Buscaron cualquier excusa y dejaron
a Huck para que no notara su
malestar. Pasaron dos horas y el chico
fue en busca de sus amigos, quienes
estaban dormidos junto a un árbol.

A media noche, todo estaba
en silencio. Los tres dormían
profundamente cuando de pronto,
Joe despertó y los llamó, pues había
escuchado un ruido. Esperaron un

buen rato sin oír nada. De repente
un resplandor iluminó el lugar
como si fuera de día y una ráfaga de
viento agitó las hojas de los árboles.
Comenzó a llover y poco a poco se
convirtió en tormenta. Los chicos
corrieron a la tienda, en medio
de truenos y relámpagos. Estaban
asustados y temblaban de frío. Pero
les consolaba saber que estaban
juntos.

La tempestad era cada vez más
fuerte y la vela de su tienda voló
por los aires. Corrieron para buscar
un refugio. La lluvia, los truenos, los
relámpagos, el río revuelto, el rumor
de las hojas… Era un espectáculo
impresionante. Veían siluetas que
parecían fantasmas. De vez en cuando
caía algún árbol movido por el
viento. Hasta que poco a poco, la
lluvia fue disminuyendo y todo se
tranquilizó.

Asustados, regresaron al campamento y vieron que el gran sicómoro había sido fulminado por un rayo. Por fortuna ellos se habían alejado del lugar, si no, estarían convertidos en cenizas. Se encontraban muy desanimados, con frío y sin posibilidad de calentarse un poco. Un rato después, descubrieron que el fuego se había metido bajo el tronco y con la ayuda de unas ramas, lograron hacer de nuevo la fogata. Sacaron el jamón y comieron con gran apetito. Cuando salió el sol, se tendieron en la orilla del río y descansaron.

Tom tuvo que recurrir de nuevo a su secreto para animar a sus amigos. Además, les propuso que dejaran de ser "piratas" por un momento, para convertirse en "indios". Aceptaron y corrieron al bosque, desnudos y pintados de pies a cabeza con lodo, dispuestos al ataque. A la hora de cenar, hicieron una tregua y fumaron la pipa de la paz.

Capítulo XVII

Aquella tarde del sábado, todo el pueblo estaba sumido en el dolor. No se escuchaban risas ni voces. La familia de Tom y la de Harper se vistieron de luto sin dejar de llorar. Nadie tenía ánimos para nada. Becky se encontraba muy triste, lamentando no poseer nada de Tom, ni siquiera aquella manecilla de latón. Todos recordaban a los chicos.

De repente, sonó la campana de la iglesia para celebrar el funeral. El pueblo entero asistió al templo y cuando entraron los familiares de los pequeños, guardaron silencio.

El clérigo habló de ellos, considerándolos buenos, estudiosos y aplicados. Cuando terminó la ceremonia todos lloraron, incluso el ministro. De pronto, se escuchó el chirrido de la puerta y aparecieron los tres chicos, quienes estaban ocultos escuchando su propio funeral.

Tía Polly, Mary y los Harper, corrieron a abrazarlos y besarlos, agradeciendo a Dios por el milagro. El único al que no hacían caso era a Huck, quien se sentía confundido sin saber qué hacer. Iba a salir de allí, pero Tom lo alcanzó y le pidió a tía Polly que lo consolara.

Tom se sintió feliz por ser el centro de todas las miradas. Todo el mundo estaba pendiente de él y se sentía contento por haberse convertido en un verdadero héroe.

Capítulo XVIII

El secreto que Tom les había confiado a sus amigos, era el de regresar al pueblo y asistir a sus propios funerales. Gracias a eso logró retenerlos en la isla. El sábado en la noche, remaron sobre un tronco y desembarcaron casi seis millas lejos del pueblo. Durmieron en el bosque hasta que amaneció. Caminaron por las callejuelas y llegaron a la iglesia.

El lunes por la mañana, tanto tía Polly como Mary se mostraron muy cariñosas con Tom y querían cumplirle sus más leves deseos. La anciana le reclamó por haberla hecho sufrir mientras ellos se divertían en grande. Le hubiera gustado saber de algún modo, que no había muerto. Algún día se daría cuenta que había hecho mal. Tom le dijo que la quería mucho y que había soñado con ella.

Le narró exactamente lo que vio la noche que regresó a escondidas a la casa y hasta el beso que le dio. Ella estaba realmente sorprendida y creyó que todo era algo sobrenatural. Él le contó que había escrito en un papel: "No estamos muertos; sólo estamos jugando a los piratas". La tía le dio un fuerte abrazo y el chico se sintió un verdadero canalla. Después, los tres primos se dirigieron a la escuela y tía Polly aprovechó para ir con la señora Harper a contarle el sueño de Tom.

En la escuela, Tom y Joe observaron que todos hablaban de ellos en voz baja y se sintieron muy orgullosos. Al final, contaron a los compañeros sus aventuras. Tom pensó que Becky deseaba reconciliarse con él, aprovechando la fama que tenía en ese momento. Cuando ella llegó, él se mostró indiferente. Luego, Becky se acercó a un grupo de chicas para invitarlas a una excursión que estaba organizando. Recalcó que invitaría a todos menos a Tom y a Amy. Él se alejó de allí acompañado de Amy y Becky se quedó llorando.

Tom se dedicó a coquetear con Amy para molestar a Becky, hasta que un día la vio platicando con Alfred y se puso celoso. Sintió ganas de llorar, pero se contuvo para que no lo vieran sus compañeros. Se despidió de Amy y se fue a su casa, pensando que golpearía de nuevo a Alfred por intentar robarle a Becky.

Ella tampoco se sentía a gusto con aquel muchacho, pues pensaba en Tom. Le pidió que la dejara tranquila y se fue corriendo. Alfred se sintió

muy mal pues supo que ella lo había utilizado para darle celos a Tom.

Para vengarse, Alfred tomó el libro de Tom y manchó de tinta la hoja de la lección de ese día. Becky se dio cuenta de todo. Pensó en contarle a Tom lo sucedido y de esa manera la perdonaría y serían nuevamente buenos amigos. Pero en el camino cambió de parecer, pues no podía olvidar a Amy. Prefirió que lo castigaran porque lo odiaba con toda el alma.

Capítulo XIX

Tom llegó de muy mal humor a su casa. Además, recibió un fuerte regaño de tía Polly, pues se había enterado del engaño sobre el sueño. La señora Harper le contó todo lo que su hijo le narró. Tom no sabía qué decir y le pidió perdón a la anciana. Sólo había venido aquella noche a tranquilizarla y a decirle que estaban sanos y salvos, pero ella no le creyó. Él alegó que le entusiasmó la idea de presenciar su propio funeral y por eso no le dejó el papel donde le explicaba todo. Hubiera sido mejor que despertara con el beso.

Ella se enterneció por las palabras del chico y le preguntó si en verdad la había besado. Él le juró que lo hizo porque la amaba y le había dado mucha pena verla llorar. Las palabras de Tom parecían sinceras y la tía se sintió conmovida. Le pidió de nuevo un beso y él obedeció. Cuando salió, la anciana fue a buscar la chaqueta que él llevó en su aventura, para registrar los bolsillos. Dudó un poco, temerosa de que fuera otra mentira más, pero no pudo resistir la tentación. Encontró el escrito y se puso feliz. Podía perdonarle todo a Tom.

Capítulo XX

Tom se sintió muy animado por la ternura de tía Polly. Cuando se dirigía a la escuela, se encontró con Becky. Como estaba muy contento decidió decirle la verdad. Le pidió perdón por haberse portado mal con ella y le prometió no volverlo a hacer. Quiso hacer las paces, pero ella no podía olvidar el desprecio que le había hecho en la escuela. Le pidió a Tom que se ocupara de sus asuntos y que la dejara en paz.

Más tarde, en la escuela, Becky vio que el cajón del profesor tenía la llave puesta en la cerradura. Él

guardaba allí un libro de anatomía
que poseía como un tesoro, pues
siempre quiso ser doctor, pero por
falta de dinero, no lo había logrado.
La niña sacó el volumen y comenzó a
hojearlo. En ese momento llegó Tom
y cuando ella intentó cerrar el libro,
rasgó una página, casi por la mitad.
Guardó todo en el cajón y se echó a
llorar desesperada. Le dijo a Tom que
seguramente la delataría. Él estaba
desconcertado y no supo qué decir.

Por supuesto Tom no pensaba
delatarla. Cuando el profesor
preguntara a cada uno de los niños,
seguramente ella lo confesaría todo.
Poco después, comenzó la clase y
se descubrió que el libro de lectura
de Tom estaba manchado de tinta.
Él negó haberlo hecho y cuando el
profesor iba a golpear al chico, Becky
sintió ganas de delatar a Alfred, pero
se contuvo. Una hora después, el

maestro abrió su cajón y sacó su libro. Furioso, preguntó quién lo había roto. El profesor interrogó a uno por uno y cuando tocó el turno de Becky, Tom se levantó y se echó la culpa. Recibió el castigo sin protestar.

Cuando salió del salón, Becky lo esperaba emocionada y agradecida por lo que había hecho. También le confesó que Alfred había manchado su libro. Aquella noche, Tom se durmió planeando su venganza y recordando las dulces palabras de gratitud de Becky.

Capítulo XXI

Se acercaban las vacaciones. El profesor les exigía más a sus alumnos para los exámenes y con cualquier pretexto los azotaba. Hasta que un día planearon vengarse de él. Los chicos le pidieron ayuda al hijo del pintor para llevarlo a cabo.

Como el profesor acostumbraba emborracharse, los chicos aprovecharon eso, para que el pintor arreglara todo. El día de los exámenes finales, llegaron a la escuela las autoridades del pueblo y los familiares de los alumnos. Uno de los más pequeños, dio el discurso de bienvenida. Después una niña muy tímida recitó una poesía. Tom también participó con el discurso titulado: "Dadme libertad o bien dadme la muerte". Inició muy bien pero titubeó al final. Continuaron otros alumnos con recitaciones y las chicas leyeron sus composiciones.

El alcalde del pueblo, premió la mejor composición y pronunció un discurso. Por último, el profesor se dirigió al pizarrón y dibujó un mapa del continente americano. Se escuchaban risas apagadas. Él estaba nervioso y borraba a cada rato lo que había hecho. En el techo había un desván cuya puerta daba justo sobre la cabeza del profesor. En ella estaba colgado un gato, con las quijadas vendadas para que no maullara. La cuerda bajó y el animal atrapó con sus garras el peluquín del maestro. Todos rieron al unísono pues la calva del pobre hombre estaba dorada, gracias al pintor. Por fortuna, ese día comenzaban las vacaciones.

Capítulo XXII

Tom ingresó a la Orden de los Cadetes o la Continencia. Tenían prohibido beber, fumar y mascar tabaco, entre otras cosas. El chico, como nunca antes, sentía el deseo de hacer todo lo prohibido, pero el interés de lucir sus insignias y su faja encarnada, impidió que abandonara la Orden. Se acercaba el día de la fiesta nacional y Tom no podía planear nada, pues estaba en la espera de saber qué pasaría con la salud del juez Frazer, quien se encontraba moribundo. Durante tres días, el chico estuvo al pendiente del estado del juez.

Llegó un momento en que el juez se curó por completo y las esperanzas de Tom se desvanecieron, de tal manera, que renunció a la Orden de la Continencia. Ese mismo día, el juez recayó y murió. El chico estaba muy decepcionado y juró no confiar en alguien así.

Las vacaciones le parecieron a Tom y a sus amigos, muy aburridas. Luego llegó el circo y durante tres días estuvieron divertidos, pero volvieron a sentirse fastidiados. Además, Becky se había ido de vacaciones y Tom no tenía nada qué hacer. Para colmo, enfermó de sarampión y permaneció en cama dos semanas que le parecieron eternas. Por fin, se levantó de la cama y como todo el pueblo estaba celebrando la "resurrección de la fe", no se hablaba de otra cosa más que de la Biblia.

En esos días, cayó una tormenta, acompañada de truenos y relámpagos y Tom se espantó tanto que enfermó del susto. Aunque lo revisaron los médicos, no dejaba de pensar que la Naturaleza quería torturarle y condenarle, para anunciarle un trágico final. Estuvo otras tres semanas en cama que le parecieron eternas. Cuando pudo levantarse y salir a la calle, se sintió completamente solo, triste y desamparado, sin un amigo a quien contarle sus penas.

Capítulo XXIII

Sucedió algo que hizo cambiar a Tom: el juicio de Muff Potter. Todo el pueblo hablaba de eso y ni Tom ni Huck podían decir nada. Cuando escuchaban hablar de Potter, casi se les paralizaba el corazón. Además, sabían que si el indio Joe se enteraba que lo habían visto, los mataría. Sentían pena por el acusado, pero no sabían cómo ayudarlo. En la noche, se acercaron a la cárcel para ofrecerle tabaco. Potter les dijo que ellos eran los únicos que se habían portado bien con él. Les confesó que obró mal, pero que no recordaba haber matado a nadie, pues estaba borracho. Les pidió que le permitieran estrecharles la mano.

Tom regresó a su casa, desesperado y triste, y esa noche tuvo pesadillas. Al día siguiente fue al lugar de la Audiencia y se encontró a Huck. No deseaban entrar y estaban atentos cuando alguien entraba o salía de allí para oír sus comentarios. El proceso siguió al otro día pues tenían que preguntar a varias personas. En la sala, Potter estaba encadenado. Se veía pálido y desesperado. Interrogaron a varias personas y todo apuntaba a que era culpable.

Le tocó el turno al abogado defensor. En ese momento, entró Tom Sawyer a declarar. Después de jurar decir verdad, se le trabó la lengua al ver al indio Joe, pero contó que fue al cementerio y todo lo que sucedió allí. Cuando narró que el asesino no

era Muff Potter, el indio saltó por la ventana y se escapó a todo correr.

Capítulo XXIV

Nuevamente Tom Sawyer se convirtió en héroe. Incluso lo mencionaron en los periódicos. A pesar de ser ahora amigo de Potter, le preocupaba mucho la venganza del indio Joe y no podía dormir por las noches. A Huck le sucedía lo mismo. Aunque habían roto la promesa, se sentían satisfechos de haber salvado a Muff de la horca.

Tom deseó ahora buscar un tesoro. Joe Harper no quiso ir con él, en cambio Huck aceptó, luego de oír el plan de su amigo, aunque le preguntó dónde podrían encontrarlo. Tom le habló de islas remotas, de troncos

huecos y de casas abandonadas
con fantasmas. Pese a que ya lo
habían intentado en la isla, sin éxito,
estaba la casa de los duendes, que
se encontraba vacía y rodeada de
muchos árboles. Los chicos hablaron
del dinero y las joyas que podrían
encontrar y decidieron empezar por
el árbol viejo de la colina.

Tres millas lejos del pueblo,
llegaron con un pico y una pala.
Antes de empezar, hablaron sobre lo
que harían con el tesoro. Huck no
anhelaba mucho; en cuanto a Tom,
contó que se compraría varias cosas
y luego se casaría. Su amigo estaba
muy sorprendido y le preguntó
quién era la chica, pero no recibió
ninguna respuesta. Cavaron más
de media hora y poco a poco se
fueron desanimando. Pensaron que
una bruja influía para ocultarlo. Por
eso, decidieron ir a medianoche.

Escondieron las herramientas y acordaron verse más tarde.

Huck maulló y Tom salió pronto de su casa. A medianoche estaban de nuevo en el árbol. Cavaron y nada. Decidieron pues, buscar en la casa de los duendes al día siguiente.

Capítulo XXV

Por la mañana, fueron a buscar sus herramientas. Tom temía ir a cavar porque era viernes y había soñado con ratas y eso traía mala suerte. Entonces decidieron jugar a Robin Hood toda la tarde. El sábado fueron a la casa de los duendes. Todo estaba muy silencioso y no se atrevían a entrar. Por fin, lo hicieron con mucho cuidado, listos para huir si oían algo raro. Poco a poco se fueron acostumbrando al lugar. Vieron la planta baja y luego decidieron subir. El lugar era igual de solitario.

Cuando se disponían a bajar, escucharon un ruido. Se tendieron en el piso muertos de miedo. Vieron entrar al mexicano sordomudo y al indio Joe. Éstos hablaron de lo arriesgado de ese lugar, pero el indio quería encontrar a los chicos que lo habían denunciado.

Le dijo al otro que regresara a su casa, mientras él daba un vistazo en el pueblo, para ver cómo estaban las cosas. Lo que tenían planeado, lo harían cuando todo estuviera tranquilo y luego se irían a Texas. Después, uno durmió mientras el otro vigilaba.

Los chicos intentaron huir pero no pudieron. Más tarde, Joe despertó

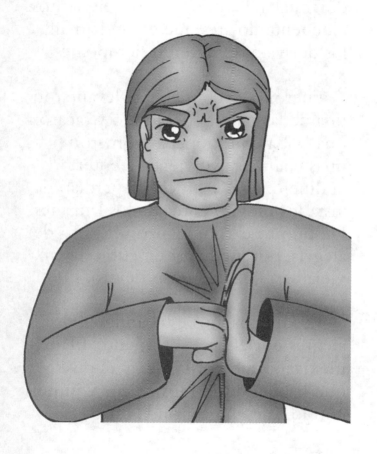

y pateó al otro quien también dormitaba. Le dijo que los seiscientos cincuenta dólares que escondían allí, los dejarían durante un tiempo.

Fueron a la chimenea y levantaron una de las piedras del fondo y sacaron una bolsa con monedas; tomaron unas cuantas y volvieron a enterrar el dinero. Tom y Huck no perdían de vista los movimientos de los ladrones. De pronto el indio lanzó un grito de alegría, porque había descubierto una vieja caja con monedas de oro.

Los muchachos estaban igual de alegres por el descubrimiento. El mexicano fue por la pala y el pico que habían dejado los chicos y junto con Joe, desenterraron la caja.

Estuvieron un buen rato contemplando su tesoro. Comentaron que la banda de Murrey había estado por allí y seguramente ellos habían escondido el dinero. El mexicano le dijo a Joe que ya no era necesario que regresara al pueblo, pero el indio deseaba vengarse.

Los hombres pensaron enterrar de nuevo la caja, pero al ver las herramientas con tierra fresca, desconfiaron y decidieron llevarla a su madriguera dos, bajo la cruz. El indio quiso subir para saber si alguien más se ocultaba allí, pero cuando lo intentó, la madera de la escalera se venció y cayó bajo los escombros.

Los chicos estaban paralizados de miedo. Luego, los ladrones se fueron y Tom y Huck pudieron salir para regresar al pueblo. Por el camino, Tom pensó en la venganza del indio y se sintió muy solo y desamparado.

Capítulo XXVI

Aquella noche Tom tuvo pesadillas debido al tesoro. Al día siguiente se reunió con Huck. Lamentaron que hubieran descubierto las herramientas, pues a esas horas ya tendrían el tesoro. Decidieron buscarlo y pensaron cuál sería la madriguera número dos. Después de un buen rato, Tom pensó que sería el número del cuarto de una taberna y como sólo había dos, no sería difícil averiguarlo. Le pidió a Huck que lo esperara allí y fue a la primera de ellas.

Tom averiguó quién ocupaba el cuarto 2, y supo que lo tenía un joven abogado. Se fue a la otra taberna, en donde el hijo del dueño era su amigo. Por él supo que el

cuarto 2 estaba cerrado todo el día;
sólo entraba alguien en la noche. Tom
le contó esto a Huck y decidieron
entrar una noche oscura al cuarto,
por la parte de atrás, que daba a
un callejón. Acordaron que Huck
vigilaría al indio para seguirlo y ver si
entraba al cuarto 2.

Capítulo XXVII

Una noche, los chicos merodearon
por la taberna, pero de pronto
la luna alumbró el lugar y decidieron
esperar. Dos noches más vigiló
Huck y como había luz, regresó a su
barril donde acostumbraba dormir.
El jueves, la noche estaba oscura y
Tom salió con la linterna de tía Polly
tapada con una toalla. La guardó en el
barril de Huck y montaron guardia.
A las once, se acercaron a la taberna.

Mientras Tom iba al callejón, Huck cuidaba que no llegara nadie. Pasó un buen rato y su amigo no daba ninguna señal. De pronto lo vio salir corriendo y gritando que huyeran de allí.

No se detuvieron hasta llegar al cobertizo de un matadero desierto a la orilla del pueblo. En ese momento, se desató una tormenta con truenos y relámpagos. Tom le explicó a su amigo que probó las llaves del cuarto 2. Luego se dio cuenta que la puerta estaba abierta. Entró y vio en el suelo durmiendo al indio Joe, que estaba borracho.

Por suerte no se movió y el chico aprovechó para huir. Huck vigilaría por las noches, hasta saber que Joe no estuviera en el cuarto. Entonces, llamaría con un maullido a Tom, para que se apoderara de la caja.

Capítulo XXVIII

Al día siguiente, Tom supo que Becky regresó. Fue a verla y se la pasaron jugando toda la tarde con otros amigos. Además, ella tenía el permiso para la excursión y con la ayuda de Tom, envió las invitaciones. Todos los muchachos del pueblo se alborotaron y comenzaron a hacer los preparativos. Esa noche, no hubo noticias de Huck. Al otro día, todos los chicos estaban reunidos en casa de Becky para el paseo. Habían fletado un viejo barco.

Poco después, desfiló por el pueblo toda la comitiva cargada con las canastas de las provisiones. Sólo Sid no pudo ir pues se encontraba enfermo y Mary se quedó para cuidarlo. La madre de Becky le recomendó a su hija que se quedara a dormir en casa de su amiga Suzy Harper, que vivía cerca del embarcadero, pues volverían muy tarde. Tom recordó que Huck podría ir a buscarlo y eso lo hizo dudar, pero decidió no pensar en ello.

El vapor se detuvo tres millas abajo del pueblo, en un frondoso recodo. Todos corrieron por la orilla; saltaron y jugaron hasta el cansancio. Luego, comieron con gran apetito bajo la sombra de los árboles. Alguien propuso ir a la cueva de Mac Dougal y todos salieron, armados con velas. Subieron a la montaña y llegaron a la entrada, que tenía una gran puerta de roble que se encontraba abierta. Entraron muy animados, riendo y gritando alegremente.

El grupo bajó la pendiente del corredor principal y las velas alumbraron los altos muros de la roca. Era un laberinto con retorcidos pasadizos que se comunicaban entre sí, sin llegar a ninguna parte. Decían que alguien podía caminar varios días sin encontrar nunca el final. Todos iban por el túnel principal, pero luego algunos se fueron por los pasillos laterales, asustándose y jugando bromas. Después, cada grupo volvió a la entrada de la cueva, contento y satisfecho. Estaba oscureciendo y decidieron regresar.

La noche era poco clara y Huck montó guardia. A las once apagaron las luces de la taberna. Después, salieron Joe y el mexicano cargando algo bajo el brazo. Si llamaba a Tom ellos desaparecerían con el tesoro. Entonces decidió seguirlos a poca distancia. Subieron por el río hasta llegar al camino que iba a la colina. Antes de llegar a casa de la viuda

Douglas, Huck oyó decir al indio que se iba a vengar de ella por el mal que le hizo su marido.

Huck quedó paralizado de miedo y quiso huir, pero recordó que la viuda había sido buena con él y decidió advertirle del peligro. El indio se detuvo cuando vio luces en casa de la señora. El mexicano le pidió que no la matara y Joe dijo que no lo haría, sólo le perforaría la nariz y le cortaría las orejas. Además, la ataría a la cama y si se desangraba y moría no le importaba. Huck dio un paso atrás.

Apenas podía respirar. Lentamente se alejó de ellos para llegar a un lugar seguro. En cuanto pudo se echó a correr para pedir ayuda.

Llegó hasta la casa del galés y llamó a la puerta. Salieron él y sus

dos hijos y dejaron pasar al chico.
Minutos después, partieron bien
armados a casa de la viuda. Huck
permaneció oculto en una roca. De
pronto, escuchó balazos y un grito y
salió corriendo a la colina.

Capítulo XXIX

En la madrugada, Huck tocó en
casa del galés. El hombre lo
recibió muy bien y le dijo que era
bienvenido a esa casa día y noche.
El chico estaba asombrado por esas
palabras, que eran las mejores que
jamás había oído. El anciano le
preguntó por qué no había pasado
la noche allí y él respondió que
estaba muy asustado. Le contó a
Huck que los malhechores habían
huido, gracias a un estornudo que los
alertó. Dispararon pero ya no estaban.

Luego fueron por los alguaciles, que los irían a buscar por todas partes, al amanecer.

El galés no logró ver a los bandidos, pero Huck se los describió muy bien. El chico le pidió que no dijera quién se lo había dicho porque lo matarían. Luego, el galés le preguntó por qué seguía a esos hombres. Huck le dio una larga explicación y finalmente le contó que los había visto con un gran bulto y pensó que lo habían robado y los siguió. Después narró lo que oyó de la viuda. El anciano le dijo que encontraron el bulto que contenía herramientas.

El hombre notó la turbación de Huck y pensó que el chico necesitaba un descanso. Un rato más tarde, llamaron a la puerta y el chico se fue a esconder. Eran varias damas y caballeros, entre ellos la viuda Douglas. El anciano les contó lo sucedido la noche anterior y la viuda le expresó nuevamente su agradecimiento. Él les dijo que había alguien a quien se le debía todo, pero por el momento no podía decirles su nombre.

Todo el mundo fue a la iglesia ese domingo para escuchar lo sucedido la noche anterior. Al terminar el sermón, la señora Thatcher se acercó a la señora Harper para preguntarle si todavía seguía dormida Becky. Ella no había dormido allí y la señora Thatcher se sintió mal.

Tía polly preguntó si Tom había dormido en casa de alguna de ellas y nadie respondió. Todos los chicos fueron interrogados, pero lo único que recordaron fue haberlos visto en la cueva. La señora Thatcher se

desmayó y tía Polly rompió a llorar
amargamente.

Sonaron las campanas y todo el
pueblo estaba en alerta. Se olvidaron
de los ladrones. Ensillaron los caballos,
lanzaron los botes y ordenaron la
salida del vapor.

Poco después, cientos de hombres
se dirigían a la cueva. Esa tarde,
el pueblo parecía muerto. Toda la
noche se esperaron noticias y al día
siguiente, sólo llegó la orden de que
enviaran más velas y comida. Los
chicos no aparecían.

Cuando el galés regresó a casa,
apenas tenía fuerzas, pues estaba muy
cansado por la búsqueda. Encontró a
Huck en la cama y oyó que deliraba.
Tenía fiebre. Como los médicos
estaban en la cueva, llamó a la viuda
Douglas para que se encargara del

enfermo. Ella fue gustosa a cuidarlo, sin saber todavía que Huck le había salvado la vida.

Algunos hombres estaban inspeccionando los lugares más escondidos de la cueva, que nunca se habían visitado. Se hicieron disparos mezclados con gritos, pero nadie respondía.

En un rincón encontraron los nombres de Tom y Becky escritos con el humo de la vela. Pasaron tres días y tres noches y todo el pueblo estaba muy triste y desanimado.

Huck seguía delirando. Cuando por un momento recobró la lucidez, se extrañó que la viuda llorara al escuchar el nombre de Tom, pero como seguía enfermo, nuevamente se durmió.

Capítulo XXX

La tarde de la excursión, Tom y Becky estaban en la cueva, platicando y jugando al escondite. Cuando se cansaron, decidieron regresar y caminaron por una vereda que tenía nombres y frases en las paredes. No se fijaron que iban por otro lado. Llegaron a un arroyuelo y descubrieron una escalera natural cubierta de agua, entre unos muros estrechos. Sin querer penetraban más a la cueva, haciendo marcas para guiarse de regreso.

Hallaron una caverna y la recorrieron maravillados. Luego siguieron por unos pasadizos hasta dar con una fuente en el centro de otra caverna. Había una gran cantidad de murciélagos bajo el techo, que

se agitaron por la luz de las velas.
Tom tomó a Becky de la mano para
llevarla a otro corredor. Más allá
encontraron un lago subterráneo
que se perdía en las sombras y no
quisieron explorarlo. Becky notó
que no escuchaba a los demás, desde
hacía tiempo. Tom la tranquilizó
advirtiéndole que ellos estaban más
abajo que todos.

Decidieron regresar sin pasar
por donde estaban los murciélagos.
Creían que iban por el mismo
camino, pero no encontraban
ninguna señal que hubieran dejado.
Ella estaba cada vez más angustiada
y Tom trataba de calmarla. Después,
se les ocurrió gritar. No tuvieron
respuesta. La chica rompió a llorar
desesperada porque estaban perdidos.
Tom la abrazó y le dijo que tuviera
confianza. Caminaron sin rumbo fijo.
No podían quedarse allí.

Tom apagó la vela de Becky para ahorrar. Aunque se sintieron muy cansados no podían perder el tiempo sentándose en algún lugar. Pero hubo un momento en que la niña no pudo caminar más y tuvieron que sentarse. Ella se puso a llorar amargamente hasta que el cansancio la venció y se quedó dormida. Tom se alegró de eso y se dedicó a contemplarla.

Continuaron el camino, tomados de la mano. Trataron de animarse mutuamente, pero estaban asustados. Más adelante encontraron una fuente y decidieron descansar para reunir fuerzas. Luego, Becky confesó que tenía hambre y el chico sacó un pedazo de pastel que había guardado en su bolsillo. Tom le dijo muy serio que debían permanecer allí para aprovechar que tenían agua. Además casi se terminaba la única vela que les quedaba.

Quedaron a oscuras y Becky
abrazó a Tom, llorando con amargura.
Necesitaban hacer algo y Tom gritó
con la esperanza de que alguien lo
oyera. De pronto escuchó un ruido
lejano. Tenían que caminar a tientas,
con mucho cuidado, pues podrían
caer en algún pozo y eso sería fatal.
Los ruidos desaparecieron. Tom gritó
de nuevo desesperado, sin éxito.
Regresaron a tientas a la fuente
y a él se le ocurrió explorar los
pasadizos laterales. Sacó una cuerda
de su bolsillo, la ató a una roca y
empezaron a caminar.

Unos pasos después, advirtieron
que el pasillo llevaba a un precipicio.
Tom se arrodilló y palpó el lugar.
De repente apareció una mano que
sostenía una vela. Estaba feliz por
encontrar a alguien, pero se dio
cuenta que era el indio Joe. Se quedó
inmóvil y advirtió que el mexicano

se iba de allí. No le dijo nada a
Becky. Volvieron a la fuente ayudados
por la cuerda y durmieron un poco.
Después, decidieron explorar otro
pasadizo, sin importarle toparse con
el indio, pues el hambre podía más.
Becky no quiso ir porque estaba muy
débil, pero le hizo prometer a Tom
que regresaría para que muriera junto
a él.

El chico se fue con un nudo
en la garganta, llevando la cuerda
y avanzando a gatas. Creía que se
acercaba su última hora y la de Becky.

Capítulo XXXI

El martes, todo el pueblo lloraba la
pérdida de los chicos. La mayoría
de los buscadores se habían dado por
vencidos. La mamá de Becky estaba

en cama, enferma y delirando. Tía Polly se encontraba sumamente triste.

De pronto, a medianoche, las campanas de la iglesia sonaron con insistencia. Todo el pueblo se reunió pues alguien gritó que los chicos habían aparecido. Fueron hacia el río de donde venía un coche que traía a los niños. La señora Thatcher envió a la cueva un mensaje a su esposo con la noticia.

Tom contó que dejó a Becky para explorar otros pasadizos, hasta donde llegara la cuerda. Al regresar, se dio cuenta de una leve claridad. Se fue gateando hasta llegar al agujero donde se asomó y vio al maravilloso río Misisipí. Por fortuna era de día y vio la luz. Regresó por ella y salieron al río, llorando de alegría. Luego, vieron a unos hombres en una lancha y les pidieron ayuda. Habían salido a cinco millas de la entrada de la cueva. Los lancheros los llevaron a su casa, comieron y al día siguiente los condujeron al pueblo.

Antes del amanecer el juez Thatcher y sus hombres supieron la buena noticia. Fueron muchos los días que habían pasado los niños sufriendo hambre y cansancio y estuvieron dos días en cama. El sábado, Tom casi estaba restablecido, pero Becky salió hasta el domingo.

Tom supo que Huck estaba enfermo y fue a verlo, pero no le permitieron pasar en varios días. Hasta el lunes pudo conversar con él, aunque le advirtieron que no le contara sus aventuras.

Fue así como Tom se enteró de lo que sucedió en la colina. Pasaron dos semanas antes de que el chico pudiera contar a Huck lo que vivió en la cueva.

Tom se enteró de que el juez Thatcher había mandado poner placas de hierro en la puerta de la cueva. Esta noticia lo inquietó mucho y confesó que el indio Joe estaba dentro de ella.

Capítulo XXXII

La noticia de Tom se extendió por todo el pueblo. Por otro lado, una docena de hombres se embarcó hacia donde estaba la cueva. El juez Thatcher iba con ellos y cuando llegaron a la entrada, sacó las llaves para abrir la puerta. Había gran expectación. Al entrar, vieron al indio Joe tirado en el suelo. Estaba muerto. A pesar de todo, Tom sintió pena por él. El ladrón fue sepultado cerca de la entrada de la cueva.

Al día siguiente, Tom visitó a Huck, quien le contó su aventura con el galés y pensó que el dinero seguía en el cuarto 2. Tom le narró que vio a Joe y al mexicano y le aseguró que el dinero estaba en la cueva. Invitó a su amigo a ir con él para rescatar el tesoro, pues sabía cómo entrar sin problema. Huck le advirtió que no podía caminar mucho, pero aceptó. Planearon llevar velas, fusiles, un par de saquitos, cuerdas y un invento nuevo llamado fósforo. Después del mediodía, los dos amigos tomaron un bote y se fueron enseguida.

Tom le indicó a Huck las pistas para localizar la entrada secreta. Habló de que hacía tiempo que deseaba convertirse en ladrón y esa era su oportunidad. Era necesario

formar una banda para que valiera
la pena. Luego, entraron a la cueva
y ataron la cuerda para guiarse.
Encontraron la fuente y siguieron
avanzando hasta llegar a un lugar al
que Tom nombró "El Precipicio".
Luego encontraron el sitio donde
estuvo el indio Joe y su cómplice.
Era una cruz. Huck quiso salir de
allí porque sintió miedo de que
apareciera el espíritu del ladrón.

Tom nunca renunciaba a sus
propósitos y decidió continuar.
Tranquilizó a Huck diciéndole que
los malos espíritus no se aparecían
ante una cruz. Bajaron por la caja
y en la roca hallaron una pequeña
cavidad, pero no había nada.
Recordaron que el indio dijo que
lo guardaría debajo de la cruz. Tom
era muy observador y descubrió
que estaba bajo la roca. Cavaron
un poco y aparecieron unas tablas

que ocultaban una grieta natural. Ayudado de la vela, Tom descubrió la caja del tesoro. Usaron los saquitos para cargar las monedas.

Decidieron dejar los fusiles allí para cuando se hicieran ladrones. Era tarde y tenían hambre. Regresaron al bote sin que nadie los viera. Comieron y fumaron un rato, antes de regresar al pueblo. Huck preguntó dónde esconderían el dinero y a Tom se le ocurrió ocultarlo en el cobertizo de la viuda Douglas.

Consiguieron una carretilla para transportarlo. Cuando casi llegaban a casa de ella, se encontraron al galés quien les preguntó si la pesada carga era hierro. Ellos aprovecharon la idea y afirmaron que era eso. El anciano les indicó que fueran a casa de la viuda pues los estaban esperando.

Llegaron a casa de la señora y entraron al salón que estaba muy iluminado. Se encontraron con el juez Thatcher y su familia, el sacerdote, el profesor, tía Polly, Mary y Sid y otros ciudadanos más. Los chicos estaban desconcertados, pues creían que todos estaban enterados del tesoro. Los mandaron a asearse y les dieron ropa nueva.

Capítulo XXXIII

Huck no estaba acostumbrado a vestir tan elegante, ni a que lo trataran con tanta amabilidad. Le propuso a Tom huir de allí, pero él no lo creyó conveniente. Un rato después, apareció Sid para comentarle a su primo que lo estuvieron esperando toda la tarde. Le señaló lodo y cera en su ropa, pero

Tom no le hizo caso. En cambio le preguntó a qué se debía la fiesta. Sid les comentó que la organizó la viuda para agradecerles al galés y a sus hijos su ayuda.

Después de cenar, el galés contó que gracias a Huck, salvó a la viuda Douglas. Ella, por su lado, ofreció su casa al chico y prometió educarlo y darle una posición económica. En eso, Tom se levantó y dijo que no era necesario pues Huck era rico. Algunos no pudieron contener la carcajada pensando en una broma. El chico ofreció demostrarlo y salió del salón. Regresó con los sacos y los vació en la mesa. Dijo que la mitad del dinero era suya y la otra de Huck. Relataron con detalle lo del tesoro. Luego, contaron el dinero y sumaba cerca de doce mil dólares. Una cantidad nunca vista en aquellos tiempos. Una fortuna.

Capítulo XXXIV

La noticia del tesoro causó una gran agitación en el pueblo. Por esos días, varios chicos salieron en busca de algún tesoro. Por otro lado, cuando Tom y Huck aparecían, eran festejados por la gente.

La viuda Douglas, invirtió al seis por ciento el dinero de Huck y el juez Thatcher, manejó el de Tom. Los dos chicos recibían una ganancia maravillosa. El juez, no perdía la oportunidad de alabar a Tom, pues un chico común no hubiera podido salvar a Becky.

Además, cuando ella le contó que él se echó la culpa ante el profesor, la buena opinión del juez aumentó. Becky se sentía feliz por eso.

Huck fue introducido en la sociedad. Eso le causaba una pesada carga. Ahora los criados de la viuda lo mantenían limpio, peinado y cepillado. A la hora de comer, era un suplicio usar los cubiertos, las servilletas, los platos y los vasos. Además, tenía que estudiar e ir a la iglesia. No lo soportó y tres semanas después, desapareció de la casa. Todo el pueblo lo buscó, pensando en una tragedia, pero a los tres días, Tom lo encontró en su barril.

Huck no quiso regresar con la viuda; deseaba ser libre como antes. Tom le preguntó sobre el dinero y Huck se lo regaló. Sólo le pediría unas monedas de vez en cuando. También le rogó que lo disculpara con la viuda. Hablaron de los planes para ser ladrones y Tom le aseguró que iba a realizarlos. Formaría una banda, pero no deseaba que la gente viera a Huck en esas condiciones, pues diría que la pandilla se componía de mendigos. El chico lo pensó y tenía tanta ilusión de pertenecer al grupo, que aceptó regresar a la casa de la viuda.

Acordaron iniciar esa misma noche, jurando en un lugar solitario y aterrador. Huck prometió permanecer en casa de la señora Douglas para convertirse en un ladrón rico y ejemplar.

Epílogo

Y así terminan las aventuras de Tom Sawyer. Desde luego el chico siguió viviendo nuevos acontecimientos con el entusiasmo y la valentía de siempre. Tal vez algún día sea interesante continuar esta historia, para saber en qué clase de personas se convirtieron estos personajes.

OTROS TÍTULOS

Alicia en el país de las maravillas

Apaches y comanches

Diario de Ana Frank

El corsario negro

El fantasma de Canterville

El principito

El retrato de Dorian Gray

El viejo y el mar

La Odisea

Las aventuras de Tom Sawyer

Los tres mosqueteros

Robinson Crusoe

Viaje al centro de la Tierra

Esta edición se imprimió en   Octubre de 2011   Impre Imagen
José María Morelos y Pavón Mz 5 Lt 1 Ecatepec.Edo de México